KB156855

루즈 바르기

루즈 바르기

2022년 7월 31일 초판 1쇄 발행

지은이   문상금
펴낸이   김영훈
편집   김지희
디자인   나무늘보, 이은아
펴낸곳   한그루
            제주특별자치도 제주시 복지로1길 21
            전화 064-723-7580   전송 064-753-7580
            전자우편 onetreebook@daum.net 누리방 onetreebook.com

ISBN 979-11-6867-036-5 (03810)

이 책은 제주특별자치도와 제주문화예술재단의 2022년도
문화예술지원사업 후원을 받아 발간되었습니다.

값 10,000원

한그루
시선

문상금
시집

루즈 바르기

한그루

여섯 번째 시집을 엮는다

시詩를 쓰고

그 시詩에다 곡을 붙여

노래가 되어

훨훨

날아가게

해주고 싶다

2022년 한여름에
문상금

차
례

제1부 ____
늦봄

13   늦봄·1

14   늦봄·2

16   자목련

18   사랑

19   상사화 사랑

21   봄

22   벚꽃 아래에서

23   한라산 단풍

25   은방울 수선화

26   할미꽃

제2부 ____
루즈
바르기

31   루즈 바르기·1

33   루즈 바르기·2

35   루즈 바르기·3

36   축복받은 고립

38   어머니의 젖

39   냉이

40   붉은오름을 오르며

41   그리운 여백餘白

43   서천꽃밭

제3부

제주
상사화

47 제주 상사화相思花

48 서귀포 해당화

50 문주란

52 한라부추

54 물영아리

56 산딸나무

57 영천靈泉오름 백량금

59 팽나무

60 야고

61 하늘매발톱

62 메밀꽃

제4부

빈 집

67 누름돌

69 빈 집

70 낙이불류 애이불비樂而不流 哀而不悲

72 게

73 누옥陋屋

74 등뼈

제5부	77	국수나 먹자
국수나	79	한라산 겨울나무
먹자	81	겨울바다
	83	읽는다는 것은
	85	목수木手
	87	먹줄 놓기
	88	지평선地平線
	90	수평선水平線
	91	해녀海女
	93	담쟁이
	95	연꽃 아래 헤엄치는 女子
	96	하늘을 나는 女子
제6부	99	서홍동 추억의 숲길
곧 노란 태양이	101	서홍동 먼나무
될 거야	103	옛 집터
	104	사농바치 터
	105	변시지 생가 터
	106	환희歡喜
	107	대화對話

제7부

시는
노래가 되어

111 무꽃

114 첫사랑

118 새

122 서귀포

128 한라산 돌매화

135 폭풍의 화가 변시지

에필로그

147 시작詩作을 위한 단상斷想

제1부

늦봄

늦봄·1

참
무심한 날

꽃이
그냥 질 리는
없을 텐데

얼마나 더 봄을 타야
네가 잊혀질까

차라리
그냥 품고 있는 것이
더 나을지 몰라

늦봄·2

자궁 벌어지듯
열리는 꽃봉오리들

아아,
조금씩 벌어져 열리는
산문産門

흰 창호지의
막을 뚫고

이 경계와 저 경계
이 문과 저 문

우 우 쏟아져 나오는
피투성이 울음소리

찬란한
순간들

꽃이 피는 새벽마다
나는 자지러지듯
울었다

자목련

하나둘
꽃눈 내리는 날

옆집 구순九旬 할머니는
하필이면 우리 집 뒷마당에 와서
속옷을 내리고 오래도록
볼일을 보았다

꽃눈들은 할머니 얼굴에도 내리고
엉덩이에도 내리고 또 더러는
검붉은 사타구니에도 내려
꼬물꼬물거렸다

손사래를 치는 나에게
세월이 참 징그러워, 징그러워

할머니의 봄 독백이
나에게로 날아와
꼬물꼬물 피어나기

시작하는 꽃들

얼굴에도 피어나고
더러는 엉덩이에도 피어나고
붉은 내 사타구니에도
쉴 새 없이 피어나는 꽃들

세월이 참 징그러워,
징그러워

사랑

한 갈래가
유난히 반짝인다

저무는 강ㅍ의 물결
소용돌이 속에서

한 갈래가
유난히
비릿하다

상사화 사랑

꽃이 필 때
꽃 뒤에 아른아른
잎 그림자

잎이 돋을 때
잎 뒤로 아른아른
꽃 그림자

어쩌면 네가 평생을 그리워했던 것은
서늘한 그림자였는지도 모른다

반쪽은 붉고
반쪽은 검은 벽,
타는 가슴이었는지도 모른다

붉고 검은 가슴 사이에는
늘 빗금이 짙다

이 처연히,

홀로 피는 사랑아

봄

울
너머

그리운
곳으로

가장
그리운
곳으로

쏜살같이
달려오는
상남자上男子

벚꽃 아래에서

어느 꽃인들
오래 피고 싶지 않은
꽃이 있으랴

누구인들 오래오래 사랑하고
또 사랑받고 싶지 않으랴

화사한 발걸음으로
사뿐사뿐 걸어와

온 세상 천지에
벚꽃 등燈을 켠
내 님아

한라산 단풍

사락사락 첫눈처럼
울긋불긋 상처처럼

사정없이 떨어져
밟히고 또 짓밟히는

아아, 살아있다고
모두들 버티다 길 떠난
빈 강江 같은 늦가을에

아아, 바람
저기 붉은 바람이라고

첫눈이라고
그대 첫눈이라고

너와 나에게만
어찌할 수 없는

눈시울 붉은
펑펑 첫눈이라고

은방울 수선화

벌과 나비가 그립지 않은
흰 겨울 여인女人

눈꽃송이처럼
살포시 피어나는
그 자태姿態

오로지 자신을 위해
혼신의 꽃을 피우는
그 어여쁨이여

할미꽃

내 마음의
따뜻한 산언덕에
피어나는
할미꽃

솜털이
보송보송한
할미꽃

살아갈수록
생각할 일이 많아
더 많이 적막寂寞한
자줏빛 옷고름 같은
할미꽃

흰머리 풀어헤치고
세월에 굽은 허리
잠시 펴고 숨 고르는
저 할미꽃

그것은 비로소 열매 맺힐 때

백발 되어 날리는

단심^{丹心}이다

볕 좋은 날

초가집 툇마루

할머니 흰머리 꽃으로

휙 날아든

아아,

백두옹^{白頭翁}*

* 백두옹(白頭翁): 할미꽃의 한자어 표기.

제2부
_____

루즈
바르기

루즈 바르기·1

비 내리는 날은
화사한 루즈 바르기

안개 낀 날은
더 화사한 루즈 바르기

비 내리다 말다
안개가 끼다 말다

이 지상地上의 사람들이
모두 마법에 걸린 것처럼
마스크 낀 날

흰 마스크 안의
붉은 입술들

채 숨지 못한 입술들은
길가 동백 꽃송이로 툭툭
떨어져 뒹굴었다

아아, 그리운

붉은 동백^{冬栢},

입술들이여

비 내리고

안개 끼고 마스크 쓴 날은

더 화사한 빛깔의 루즈 바르기

루즈 바르기·2

비로소 알았다
내게도 입술이 있다는 것을

선명한 주름이 있다는 것을
수평선 같은 때로 벼랑 같은
선과 윤곽이 있다는 것을

흰 마스크 안,
내가 말을 할 때마다
노래를 부를 때마다
한숨을 토할 때마다

이리지리 찍히는
붉은 입술 자국들

잘 몰랐던
그 선명한 자국들

어떤 것은 가지런하고

또 어떤 것은 흥분한 채로

일회성으로 버려질 마스크 안
내 입술의 자국들을 위하여

매일 동백꽃처럼
진하고 붉은 루즈 바르기

그 단말마의
비명도 못 지른
방점 같은

루즈 바르기·3

루즈는 밥이다
붉은 밥

탁탁 빨아들였다가
도로 찍어주는
도장밥

누가 찍은 도장일까
지워지지 않는 낙인 같은
저리 붉은 하늘은

축복받은 고립

한 치 앞도 안 보이는
폭설을 만나러 간다

허연 불면의 밤마다
그대 선물 같은 축복 같은
폭설을 만나러 간다

한라산 어디쯤
발가벗은 맨살로
겨울잠을 이루지 못해
밤새 뒤척이는 겨울나무들처럼
폭설에 갇혀 철저히
고립되고 싶다

어차피 인생은 외롭고
더러 동행할 때도 있지만
간혹 이처럼 축복받은 고립을 만나면
내심 함성을 지르리

폭설에 사나흘 갇혀
인정에 허기진 짐승처럼
목마름에 울부짖을 때까지

목이 부르트다 못해
벌겋게 갈라질 때까지

엉금엉금 기어서
마을길을 찾아 내려갈 때까지

기꺼이 폭설에 갇혀
그 고립의 빛나는 시간과
당당히 마주하리

어머니의 젖

고립은 캄캄한 어둠과 같다
아니 흰 어둠과 같다

하루 이틀 사흘 나흘 닷새 엿새 이레
바이러스가 내 이마를 눈꺼풀을 짓눌렀다
치켜도 치켜떠도 저절로 내려앉는

잠 속을 떠돌았다
바다를 떠돌았다

큰 물결 작은 물결 사이로
미역처럼 매끈하게 다가오는
아, 수밀도水蜜桃

볼록한 배꼽이 잘렸던 그날처럼
자지러지듯 울음을 쏟아내며 힘껏 젖을 빨았다

고립은 흰 어둠과 같다
아니 캄캄한 어둠과 같다

냉이

끈질겨야
살아남는다

길섶에
다닥다닥 피어난
흰 냉이꽃

어머니
옥양목玉洋木 앞치마를
닮았다

질기고
투박한
목숨

붉은오름을 오르며

가슴에 묻은
붉은 말들이
참으로 많아,

놀라지 마라
놀라지 마라,

사는 게
다 그런 거지
뭐,

그리운 여백餘白

세한歲寒이로구나,
살을 에는 칼바람이
나뭇가지를 흔들고
나를 저미는구나

추위 뒤끝에야 비로소 낙엽 지는
소나무와 잣나무의 지조志操여

장무상망長毋相忘,
오래도록 서로 잊지 말자

추사秋史 김정희필金正喜筆
세한도歲寒圖의
붉은 인장으로나 찍혀

총총히
걸어가 보는
눈밭을

아, 그리움만 한가득

눈물로 얼어붙은

여백餘白이여

서천꽃밭

서역西域 어디쯤에도
집어등 불빛은 피어날까

검은 바다 물결 밑으로
불빛 그림자가 출렁일 때마다
떼 지어 몰려드는 은빛 물고기들

죽음임을
잘 알면서도

어디선가 숨죽여 있다
그리움의 빛을 향하여 곧장
헤엄쳐 올 수밖에 없는
저 고기떼를 위하여

한가득 꽃을 뿌리고 싶다
살살꽃은 살을
뼈살꽃은 뼈를
도환생꽃은 영혼을 되살려

다시 짙푸른 바다를 맘껏 휘젓고 다니라
등 떠밀고 싶다

불야성을 이룬
집어등 불빛 따라

서천꽃밭에는
울긋불긋 꽃들이 모여
환한 등불 마을을 이루어라

제3부

제주
상사화

제주 상사화相思花

한 번의 치솟음을 위하여
악착같은 발기勃起

이 늦사랑을 위하여
꽃대를 올려 보았느냐

나는 일몰 같은
붉은 북을 두드린다,
제주 상사화相思花 밭에서

두둥 두둥
둥둥둥

온통 상사화相思花다,
상사화相思花다

서귀포 해당화

척박한 모래톱에
뿌리내린 해당화

오늘은 바다가 바라다보이는 언덕
작은 화단으로 불려
붉은 꽃 한 송이 곱게 피웠다

전신을 타고 오르내리는
짠물에 대한 그리움을
숨길 수 없어

밤이면 꽃가지마다
살갗을 파고드는 잔가시들

그리움이란 다 그렇지,
꽃이 지고 무성했던
잎들이 다 져도

목에 걸린

가시 같은 것들이

하늘에 구름처럼
늘 걸려 있다

문주란

토끼섬에
자라는
문주란아

긴긴 여름을
흰 꽃 피고 지고 하는
문주란아

썰물이 되어 바닷길 열리면
치마 걷어 올리듯
알뿌리 모두 들고 뭍으로
걸어 나오너라

걸어오다 바닷물 들면
첨벙첨벙 헤엄치면서라도
뭍으로 오라

토끼섬은
너무 숨 막혀

원담에 물고기 갇히듯
섬에 갇혀서 꽃 비늘 퍼덕이는
슬픈 흰 꽃아

뭍으로 건너와서,
또 제주 섬이지만
다시 뿌리내리고
꽃 피우고 열매 맺으며
자유롭게 살아가거라

밤낮 바람 부는 쪽으로
자꾸만 꽃잎이 쏠리는
문주란

한라부추*

한라산 천백고지
능선을 따라 바위틈
습지 주변에 자리 잡은
한라부추야

보라색 자태가
흰 사슴보다도
더 외로워
목이 길구나

별 내리는 밤이면
한라산 자락에 군락으로 모여
뿜어 나오던 옛날 불 화산의 기운을
횃불 켜듯 온몸으로 받아
땅속 깊이 뿌리 내려
영원한 사랑 남기는구나

비바람이 강하게 칠수록
더 피붙이 의지하여

자리 넓혀가는
짙은 마늘 향 흩뿌리는
한라부추야

혼자 건디는 섬처럼
안으로 치열하게
꽃 피고 열매 맺는
적멸寂滅이구나

* 한라부추: 한국특산보호종, 다케 신부에 의해 발견되었고 한라산 일원에
  자생하며 꽃말은 '영원한 사랑'.

물영아리*

누가 함지박 하나
떨어뜨렸나

오로지 빗물로만
제 몸 가득 채우는
산정화구호山亭火口湖

누가 영영 마르지 않는
원시原始의 늪을 꿈꾸었을까

물장군 맹꽁이 긴꼬리딱새 팔색조가
간절히 기다렸나

영아리난초 물고추나물 보풀 뚝새풀 세모고랭이가
발돋움하며 기다렸나

최선을 다해 습지를 이루는
참 아름다운 것들
스스로 빛이 되는 것들

제 몸 안으로
물을 모으는
물영아리에는

함지박 닮은
꿈틀꿈틀 살아있는
큰 못池 하나

* 물영아리: 물영아리오름[水靈岳]은 서귀포시 남원읍 수망리 산189번지
  에 위치하여 수령산(水靈山)으로 알려져 있으며 산정에 화구호를 품고
  있다.

산딸나무

이 세상 어딘가에
이 악물고 견뎌내는
정지停止된 시간들이 있어

스스로 십자가 되어
십자가 진 사람보다
더한 몸부림으로
울부짖고 있는 산딸나무여

온몸으로
팔랑팔랑
흰 나비 떼

기어코
혼불 밝힌
산딸나무여

영천靈泉오름 백량금

오늘도 하루 종일
그대를 생각하였다

서늘한 숲 그늘에
초롱초롱 붉은 꿈들

그 뿌리를 자르면
순수純粹의 붉은 점으로 남는
영천오름 백량금

봄여름가을겨울
더 깊어가는
아아, 영천오름이어,

외로울 때면
샘물 한 모금 마셨다

더 외로울 때면
샘물 두 모금 마셨다

숲을 떠나지 못한다고
큰 나무가 되지 못하였다고
결코 슬퍼하지는 않아,

붉은 꿈들이 날아올라
오름을 휙휙 돌리고 있는 것을
잘 알고 있지 않느냐

모든 것의 중심은
늘 가까이 있어
아침저녁 내 가슴 깊은 곳을 파고들어
더 깊어가고
붉어지는 것이다

팽나무

수백 년
구부러지고
휘었기에
제주 모진 바람을
견뎠구나

손을 뻗어
팽나무를 쓰다듬으니

줄기 타고 가지 타고
구부러지고 휘어진 기운이
내게로 와

나도 구부러지고
휘어지고

앞으로 수백 년은
잘 견디겠구나

야고

기생寄生한다고
얕보지 말라

안간힘을 다해
뿌리내려 보기라도
해보았느냐

너는
더부살이 눈물 꽃을
지겹도록 피워 보았느냐

칼날 같은 억새 줄기에
핏물 묻히며
울부짖기라도 해보았느냐

붉은빛 매 자국 선명한
아, 등 굽은 종鐘이여
흰 종鐘이여

하늘매발톱

하필
매의 발톱을 품었을까

아직도 맨발이 부끄럽고
맨발의 발톱을 보이기가
참 부끄러운데

날카로운 매의 발톱을
머리에 인 꽃이라니

부끄러움 무릅쓰고
단숨에 낚아챌 먹이가 있는
모양이로구나

메밀꽃

왕소금을 뿌린 듯
흰 메밀밭

저리 붉은
꽃 대궁은

목이 길어
한참을 쓸렸네

게 한 마리 스르륵
숨어든 검은 돌 위에
질긴 목숨처럼 핀
흰 소금꽃이

눈자위 벌건 핏줄로
줄줄이 터져오는
저 메밀밭

아하,

우담바라 꽃 같은

제4부

빈 집

누름돌

내 뛰는 가슴을
지그시 눌러줄
누름돌 하나 갖고 싶다

김칫독이나 된장독 혹은
무장아찌를 가득 담은
투박한 항아리에
척 자리하고 앉아

그것들의 숨을 단숨에 죽여
맛깔나게 숙성되도록
한몫하는 누름돌

열정熱情이나 설렘
꿈이나 도전 같은 것

통째로 지그시 눌러줄
누름돌 하나 있었으면 참 좋겠다

누름돌 밑에서
묵직하게 눌리며
더 아삭아삭해지는 김치처럼

물씬 발효된 진한 영혼으로
너에게로 익어가고 싶다

빈 집

어찌 알았을까
온기 없는 것을

속은 허虛하고
뼈대만 앙상해지고 있다는 것을

수어手語처럼
적막寂寞으로
채워지고 있다는 것을

목숨보다 더 질긴
끈끈한 줄로 칭칭 감고 있는
거미야

생生에 한 번
빈 먹잇감을 잡았구나

낙이불류 애이불비 樂而不流 哀而不悲

한여름 날
연꽃을 보러 가고 싶다

지글지글 끓어오르는
진흙탕 물속에서
마음 깊은 곳으로
향기 뿜어 올리는 연꽃들의
고고한 자태를
엿보러 가고 싶다

연꽃 같은
연잎 같은
은은한 마음을 갖고 싶다

흔들리지 않는 마음이
어디 있으랴
상처 입지 않는 마음이
어디 있으랴

눈 감으면

내 마음의 밭에

숱하게 피고 지는 연꽃들

낙이불류 애이불비^{樂而不流 哀而不悲}하게

살아가고 싶다

게

모로 걸어도
제 길 잘 간다

세상 탓하지 말라고
시절 탓하지 말라고

바닷가 모래벌판
흰 게거품

바락바락

누옥陋屋

어차피 돌아가 누울 곳은
비좁은 누옥일 게다

좁고 누추한
누옥陋屋 하나 갖고 싶다

조용한 방에
지나가는 햇볕이
보석처럼 빛나는

아늑함이
파도처럼 밀려와
발가락을 간질이는

누군가
수선화 한 뿌리
심어 주었으면

등뼈

비 내리고
바람 부는 날은

등뼈가
시리다

파르르
뼈 피리 소리

등뼈 구멍 사이로
비바람이 삘리리

하얀
영혼의 소리

제5부

국수나
먹자

국수나 먹자

밤거리에서
우연히 만나거들랑
국수나 먹자

허름한 불빛 어두운 국숫집에서
뜨거운 국물 후후 들이켜며
국수나 먹자

고춧가루와 파의 매운맛에
눈물 콧물이 나거들랑

너도 참 외로웠구나
실은 나도 오늘 무척 외로웠단다

말없이 웃어주며
국수나 먹자

이 세상은 잔잔한 것 같아도
세찬 파도들이 몰려와

느닷없이 삶을 송두리째 흔들어 놓고
또 흔들릴 때도 있어

간혹 밤거리를 배회하다
우연히 만나거들랑

참 장하구나
어깨 두드려주며

따뜻하고 진한 국물에
불 같은 마음 전하고

탱탱하고 쫄깃한 면발에
돌 같은 단단한 마음 전하며

국수나 먹자
국수나 먹자

한라산 겨울나무

시퍼렇던
그 빛나는 날들
모두 내려놓고
맨살로 서 있는 나무야

봄여름가을겨울
품고 있는 임부^{姙婦}야

눈보라 맞으며
참으로 위풍당당한
겨울나무처럼

나도 맨살로
눈이 부시도록
서 있고 싶다

한라산이 품고 있는
겨울나무들과
그 겨울나무들이 품고 있는

봄여름가을겨울을

그 시퍼렇고
빛나는 날들을 줄줄이
낳고 싶다

겨울바다

다 저녁
흰 파도치는 슬픔이여

쓸쓸함으로
돌아눕는 바다여

돌아보지
말라

돌아서는 순간
돌이 되리니

뒤척일 수도 없는
돌이 되리니

돌아보지 말라

거친 들판 같은
바다로 되살아나

한겨울을 성나도록

뒤척이는

겨울바다여

읽는다는 것은

시집을
읽다가

시의 집에 흐르는
따뜻함을 알아야 하는데

오자誤字만
아른거린다

너의 마음을
읽다가

정작 네가 하고 싶어 하는 말을
알아채야 하는데

오해誤解만
불러일으킨다

읽는다는 것은
이토록 어려운 일인 것을

목수木手

먹줄로
나무에 길을 내는
사람들이 있다

먹줄 길 따라
각 맞추어 잘라내고
높낮이를 깎아내면

때로 전신이 긁혀 핏방울이
선명할지라도

불룩 튀어 오른 핏줄과
팔뚝의 근육
거친 손 사이로 탄생하는
세밀한 길

그 길을
흰 솜처럼 걸어가는
사람들이 있다

신기^{神氣}의 손을 지닌

나무를 다루는

어진 사람들

먹줄 놓기

탁,
탁 하고 튕긴
먹줄

곧고
선명한 수평선이
여기에도 있어

아, 건널 수 있을까

탁,
탁 하고

지평선^{地平線}

끝없이 이어지는
평행선^{平行線}

봄 아지랑이 피어오르고
짙어져가는 풀숲을 지나

날카로운 찔레무덤 황무지를 지나
은빛 실개천을 건너

아득히 연보라 등꽃 같은
어둠이 내리는 곳

하늘과 땅이 비로소 만나
한몸을 이루는 곳

석양을 향해 새들이
날아오르는 곳

유순柔順한 사람들이
어진 몸짓으로 서로
이야기를 나누는 곳

수평선 水平線

혼자
견딜 수 있는
법을 아는 선線

견디다 못해 허기지는 새벽이면
선線에 걸려든 어선의
집어등 불빛
서너 개 잡아먹고
간신히 일어서는
수평선

때로 팽팽한
고무줄 같은 평행선平行線을
타고 노는
아이들 웃음소리

해녀海女

호오이 호오이
휘파람새가 날아든 줄 알았는데

비 내리는 바다에
숨비질 하는
점點 하나

등허리에 비스듬히 빗창 차고
이승과 저승
들락날락

그 질기디 질긴 목숨
열두 길 물속에서
시詩를 쓴다

섬과 섬 사이에
흰 등대燈臺처럼

한낮에

누구를 위하여
불 밝히나

순비기꽃이 피려면
멀었는데

한참을
멀었는데

오늘은 화엄華嚴의 바다에
해화海花가
활짝 폈다

담쟁이

동면冬眠에 들었던
너는 거대한 짐승

문득 온몸이 간지러워
움찔움찔 뒤척일 때마다
두꺼워지고 갈라진 손
피부 비늘 사이로
눈부시게 돋아나는
새순들

나에게 벽壁은
아무것도 아니다
나무도 아무것도 아니다

오로지 납작 엎드려
포복으로 전진할 뿐이다

새순들을 이끌고
나날이 무성해지는

수만의 잎들을 이끌고
하늘 끝까지 뻗어나가는
나는 한낱 담쟁이

한 걸음 한 걸음
오늘도 담쟁이는
벽을 점령한다
세상을 점령한다

연꽃 아래 헤엄치는 女子

– 이중섭 그림 中에서

활짝 핀 붉은 연꽃 하나
꽃봉오리 하나
수레바퀴 같은 연잎 굴리며
연꽃 아래 헤엄치는 女子

더럽고 끈적거리는 진흙물 속
물풀 같은 긴 머리 늘어뜨리고
이상향理想鄕의 세계를 향해
수레바퀴 연잎 굴리며
물장구치는 女子

연꽃 아래
막 꽃이 되려는 女子
꽃잎같이 섬세한 女子
강철같이 단단한 女子

네 안에 내가 있다

하늘을 나는 女子

– 이중섭 그림 中에서

소와 말과 아이들이 뛰놀고 있는
들판 위로 발가벗은 몸으로
하늘을 날고 있는 女子

새들처럼
질긴 목숨 되어
날고 있는 女子

하늘의
꽃이 된
女子

제6부

곤 노란 태양이
될 거야

서홍동 추억의 숲길

제주의 어느 마을
어느 길을 걷더라도
가슴 아픈 추억들이 없는 곳이
어디 있으랴

비바람 치면 검은 돌담들은
까마귀처럼 훨훨 날아오르고
눈 내리면 그 얼음을 뚫고
새살 돋듯 노란 복수초 피어나는
이곳에서

추억들은 가슴에 묻은 진주 보석처럼
영롱한 빛을 발하노니

집터 우물터 사농바치 터
그것들을 에워싼 돌담과 잣성들
역사와 삶의 처절한 흔적들이
살아있는 곳

걷고 걷는다,
추억의 숲길을

삼나무 편백나무의
신령스러운 기운들을 온몸으로 받아들이며
아픔과 고난의 시대를 지나
자유自由가 있고
희망希望이 있는

치유治癒의 시대를 향하여

서홍동 먼나무

우리 집 앞
먼나무

그것은 이백 년 수령의
굵고 강인한 뿌리를 내린
거인ㅌㅅ

매일 푸른 꿈을 키우는 먼나무는
무념무상의 한 그루로 싹을 틔워
한라산 어느 자락에서
고요히 살고팠는데,

온몸에
울퉁불퉁 옹이들

젊은 날 미처 꽃이 되지 못했던
가장 여렸던 부분들이
슬픔으로 터져 나온
흔적들

새들이 머물다 가는
푸르고 깊은 그늘 속

먼나무는 보물처럼
수만의 빨간 열매들을 매달았다

바람 부는 날
나도 가끔 먼나무 그늘에
마음 한 자락 부려놓고

세상 속으로
걸어간다

푸른 꿈
품고

옛 집터

아득한 날에
돌담을 쌓고
돌과 나무로 지붕을 엮어

신선神仙처럼
맑고 곱게 살았던
사람들

안개 속 모두 어디론가 떠나고
혼자 남은 연자방아

선善한 사람들이 남긴
따뜻한 흔적들

밤하늘 선명한
별무리로 태어나는
그리운 흔적들

사농바치 터

한라산의 짐승을 잡기 위해
산길을 회오리바람처럼 달렸지

사냥꾼이 되어
용맹한 사냥꾼이 되어

바람이 쉬어가던 곳
간혹 낙뢰가 치고
천둥소리 요란했던 곳

도란도란 사냥꾼들의
아내 자랑 자식 자랑으로
먼동이 트던
사농바치 터

변시지 생가 터

담 너머
돌담 너머

늘 시퍼렇다 못해
황톳빛을 띤 바다 물결이
출렁댄다

폭풍을 몰고 올
작열하는 태양을 몰고 올

아아, 이어도를
초가집 앞까지 끌고 온
우렁찬 갓난아기 울음소리

환희歡喜*

– 변시지 그림 中에서

천만 번을 돌면
소리가 나지
시를 쓸 수 있지
그림을 그릴 수 있지

천만 번을 돌면
태양까지 가 닿을 거야
타닥타닥 불덩이로
환한 희망이 될 거야

두려워하지 마라
이제 곧 노란 태양이 될 거야

* 까마귀들은 태양으로 날아가 빙빙 원을 그렸다.

대화對話*

- 변시지 그림 中에서

까악까악,
너는 어디서 왔다가
어디로 가는가

글쎄글쎄,
나는 어디서 왔다가
어디로 흘러가고 있는가

하루 종일
눈 맞추고
바라보기

너를 통하여
또 다른 나를
마주보기

* 까마귀와 사내는 하루 종일 눈 맞추고 서로를 바라다보았다.

제7부

시는
노래가 되어

무꽃*

흰 무꽃을 한아름 가져와
무꽃 국을 끓였네

구수한 국물 속에
그대 하얀 얼굴 하얀 마음

저녁밥 짓는 연기처럼
내 마음에 피어 오르네

흰 무꽃을 한아름 가져와
백자 꽃병에 꽂았네

화사한 꽃병 속에
그대 환한 얼굴 환한 마음

달항아리처럼
내 마음에 차오르네

* 2021년 봄, 서울 이종록 작곡가에 의해 작곡되었으며, 2021년 12월 13
  일 윤봉길 의사 기념관에서 개최된, 제11회 페트라 한국시음악협회 정기
  음악회에서 발표, 공연되었다.

무꽃

문상금 작사
이종록 작곡

흰 ― 무꽃을　　　한 아름 가져 와 ―　　　무꽃 국 ― 을 끓였
흰 ― 무꽃을　　　한 아름 가져 와 ―　　　백 자 꽃 병에 꽂 았

네　　　　구 수 한 국 물 속 ― 에 ―　　　그 대
네　　　　화 사 한 꽃 병 속 ― 에 ―　　　그 대

첫사랑*

다시 사는 생生이 온다면
너와 나 알아볼 수 있을까

우르르 쾅쾅 천둥번개로 만난다면
천둥번개처럼 온 세상 울리는 소리로
사랑할 수 있을까

거친 들판의 흰 찔레꽃처럼 만난다면
찔레꽃의 향과 빛깔로 다시 사랑할 수 있을까

아아, 또다시 사는 생生이 온다면
높은 소리 되어 고운 향과 빛깔 되어
들판 위를 하늘 위를 훨훨 날아오를 수 있을까

눈부신 보석 같은
내 보석 같은
첫사랑

* 2021년 봄, 서울 이종록 작곡가에 의해 작곡되었으며, 2021년 12월 13
일 윤봉길 의사 기념관에서 개최된, 제11회 페트라 한국시음악협회 정기
음악회에서 발표, 공연되었다.

첫 사 랑

문상금 작사
이종록 작곡

다시 사는 生이 온다 면　너와 나　알아 볼수 있을 까

— 우 르르쾅쾅 — 천 둥 번개 로 — 만난 다 — 면 —　천 둥 번개

새*

질긴 목숨 떠돈다

날고 있는 들판
부르고 있는 노래만큼
내 사랑 남겼으면

바람 하나로 솟구치는

아아,
날개 있어 눈부신
하늘의 꽃

* 2021년 봄, 서울 이종록 작곡가에 의해 작곡되었으며, 2022년 5월 23일
  매헌기념관 아트홀에서 개최된, 제12회 페트라 한국시음악협회 정기음악
  회에서 발표, 공연되었다.

새

문상금 작사
이종록 작곡

질 긴 목 숨 떠 돈 다

떠 돈 다   날 고 있 는

119

들 판   부르고 있는 노래만큼 — 내

사   랑 남겼으 — 면   바램 하나로 —

솟구치 — 는 아 — 아 —   날개 있어 눈

부 신 — 하늘 — 꽃 하늘의

서귀포*

살아가다 보면
오래 묵은 옷처럼
편안한 곳

때로 쪽빛 바다
가르는 물살에
무지개 뜨는 곳

흰 갈매기가
사람처럼 시^詩처럼
날아오르는 곳

그리움 많은
사람들이 모여
살아가는 곳

나는 오늘도 종일
바닷가를 거닐었다

시어詩語를 생각하고
시詩를 지었다

서귀포에서,
보석 같은
이 서귀포에서

*2022년 봄, 서울 이일구 작곡가에 의해 작곡되었으며, '서정가곡 22선' 음
반에 수록되었다.

서귀포

문상금 작사
이일구 작곡

2

무지개뜨 는 곳   흰 갈 – 매 – 기 가 – 사 람

처럼시처럼   날 아 오 르 는 곳   그 – 리 움 움 많 – –

은 사 람 들 이 모 여   살 – 아 가 는 곳   – 나 는

3

한라산 돌매화*

거칠어야, 거칠어야 기죽지 않는다

세상에서 제일 작은 나무야,
이처럼 고운 꽃아,

결국 살아간다는 것은
고행의 길
피투성이 되어 암벽을 오르내리는 일

봄여름가을겨울
한라산 벼랑길

그 아찔한 높이에서 바위를 뚫고 뿌리를 내려야만
꽃을 피우고 잎도 틔울 수 있는 일

별무리 쏟아지는 밤이면
온몸 열고 세상 향해 큰 함성 지를 수 있는 것을

이 세상에서 제일 작은

아니 가장 큰 나무야
돌매화야,
돌매화야 돌매화야

나는 매일
피투성이인 채로
한라산 암벽을 오르내린다

* 2022년 봄, 서울 길정배 작곡가에 의해 작곡되었으며, '서정가곡 22선' 음
  반에 수록되었다.

한라산 돌매화

문 상 금 작시
길 정 배 작곡

거 칠어야 거 칠어야

거 칠어 - 야 기 죽지않 는 다 세 상에서제 일

한라산 돌매화

작은 나 무 야   이 처럼 고 운 꽃 – 아   살 아 간 다 는 것

은   고 행 의 – 길   피 투 성 이 되 어

암 벽 을 오 르 내 – 리 는 일   봄 여름 가 을

면 온 몸열 고 세 상을 향해

큰 함 성 지 른 다 — 이

세 상에서 제 일 작 은 아 니 가 장 큰 나 무 야 돌

매 화야 돌 매화야 돌 매   화

야   나 는 매 일 피 투성이인채로 ― 한 라 산 암 벽

을   오 르― 내   린 다 ―

폭풍의 화가 변시지*

아, 바람이 불어 그 바람이 폭풍이 되어
세찬 폭풍 속을 절룩이듯 걸어오는 사내

죽어서 갈 수 있다는 이어도를
온통 황톳빛인 하늘과 바다를
등 뒤에 거느린 사내

아, 폭풍의 화가 변시지
강렬한 폭풍 속에
존재의 고독을 한없이 사랑한 사내

세상의 모든 바람들이 뚫고 지나갈
소용돌이의 통로를 그려내는 화폭엔

눈을 감으면
기다림과 적막 그리고 평화

온통 그리움 많은 사람들이
모여서 살아가는 곳

이어도에서

손 흔드는
아아, 폭풍의 화가 변시지

* 2022년 6월에 서울 정덕기 작곡가에 의해 작곡되었으며, 9월 26일, 제13
회 페트라 한국시음악협회 정기음악회에서 발표, 공연될 예정이다.

폭풍의 화가 변시지

작시 문상금
작곡 정덕기
2022. 6. 8.

세찬 폭풍 속을 절 ─ 룩 이듯 걸 ─ 어 오 는 사 ─
내 죽어서 갈 ─ 수 있다는 이 어 도 를
온 ─ 통 황 ─ 토 빛 ─ 인 하 늘 과 바 다 를
등 뒤에 거 느린 등 뒤에 거 ─ 느린 사 ─ 내

세상의 모-든 바람-들이-

바-람 들-이 불고-지나 갈- 소-용 돌 이 의

통 로 를 그 려 낸 화 폭 화 폭 화 폭 엔

눈 을--감-으면 눈 을---감-으면

6

기 다 림 과 적 — 막   그 리 고 그 리 고 평 — — 화

온 — 통 그 리 움   온 — 통 그 리 움   많 — 은 사 람 들 —

이   모 — — 여 서   살 아 가 는 곳   이 어 도 이 어 도 에

서 　　손 ─ 흔 드 는 　　손 ─ 흔 드 는

아 ─────── 　 아 ─────── 　 폭 풍 의 화 ─ 가 ─

변 시 ─ 　　지 　　폭 풍 의 화 ─ 가 ─ 　　변 시 ─

지

시작詩作을
위한
단상斷想

시작詩作을 위한 단상斷想

루즈 바르기

비 내리는 날은/ 화사한 루즈 바르기// 안개 낀 날은/ 더 화사한 루즈 바르기// 비 내리다 말다/ 안개가 끼다 말다// 이 지상地上의 사람들이/ 모두 마법에 걸린 것처럼/ 마스크 낀 날// 흰 마스크 안의/ 붉은 입술들// 채 숨지 못한 입술들은/ 길가 동백 꽃송이로 툭툭/ 떨어져 뒹굴었다// 아아, 그리운/ 붉은 동백冬柏,/ 입술들이여// 비 내리고/ 안개 끼고 마스크 쓴 날은/ 더 화사한 빛깔의 루즈 바르기

시작메모

유독 봄을 타는 나로서는, 꽃이 피어날 때마다, 온몸이 쑤시고 아팠다. 그래서일까, 시를 가장 많이 쓰게 되는 계절은 영락없는 봄이었고 시의 소재 또한 이리저리 피고 지는 꽃이었다.

내 유일한 화장법은 붉은색 루즈를 바르는 것이다. 그것도 옛말이 되어 버렸다. 이 지상의 모든 사람들이 슬픈 마법에 걸려 마스크를 쓴 날, 그저 빈 손 흔들며, 겨울부

터 봄까지 동백꽃을 보러 다녔다, 길거리에 툭 툭, 돌담 아래에 툭 툭, 내 마음 밭에도 툭 툭, 붉은 꽃송이들은 떨어져 다시 피어났다. 입술에도 얼굴에도 심장에도 붉은 빛으로 피었다 지고, 툭 툭, 죽었다가 다시 살아났다.

늦봄

자궁 벌어지듯/ 열리는 꽃봉오리들// 아아,/ 조금씩 벌어져 열리는/ 산문^{產門}// 흰 창호지의/ 막을 뚫고// 이 경계와 저 경계/ 이 문과 저 문// 우 우 쏟아져 나오는// 피투성이 울음소리// 찬란한/ 순간들// 꽃이 피는 새벽마다/ 나는 자지러지듯/ 울었다

시작메모

툭 툭, 탁 하고, 생^生의 문을 두드리는 것,
시^詩에게, 처절한 생명을 불어넣어 주는 것,
나도 아주 강력한 한 방을 날리고 싶다.
땡~ 하고, 공이 울릴 때까지, 지쳐서 쓰러질 때까지

자목련·2

하나둘/ 꽃눈 내리는 날// 옆집 구순^{九旬} 할머니는/ 하필이면 우리 집 뒷마당에 와서/ 속옷을 내리고 오래도록/ 볼일을 보았다// 꽃눈들은 할머니 얼굴에도 내리고/ 엉

덩이에도 내리고 또 더러는/ 검붉은 사타구니에도 내려/ 꼬물꼬물거렸다// 손사래를 치는 나에게/ 세월이 참 징그러워, 징그러워// 할머니의 봄 독백이/ 나에게로 날아와/ 꼬물꼬물 피어나기/ 시작하는 꽃들// 얼굴에도 피어나고/ 더러는 엉덩이에도 피어나고/ 붉은 내 사타구니에도/ 쉴 새 없이 피어나는 꽃들// 세월이 참 징그러워,/ 징그러워

시작메모

아주 고우신 할머니 한 분이 계셨다. 멀리 한라산이 다가앉고, 바다가 내려다보이는 요양원에, 혼자 조용히 복도 긴 의자에 앉아 늘 창밖 풍경만 바라보시곤 하셨다. 하루는 말벗을 해드리려고 나란히 앉아 있었는데 혼자 중얼거리셨다.

"참말 징그러워, 세월이 징그러워, 너무 징그러워." 말없이 창밖에는 자목련이 만개해 있었고 한 나뭇가지의 자목련 꽃잎들은 '징그러워'란 말이 들릴 때마다 온몸에 힘이 풀리는지 나풀나풀, 툭 툭 떨어져 내렸다.

그 자줏빛 피투성이로 구겨져 뒹구는 꽃잎들과 날이 저물도록 끊임없이 이어지던 할머니의 중얼거림을 여태 잊을 수가 없다.

움찔움찔 등 아래로 떨어져 내리던 각질 같은 비늘 같

은 그 꽃잎들! 그 찬란한 봄을!

- 2021년 시전문지 《심상》 5월호에 발표

제주 상사화相思花

한 번의 치솟음을 위하여/ 악착같은 발기勃起// 이 늦사
랑을 위하여/ 꽃대를 올려 보았느냐// 나는 일몰 같은/
붉은 북을 두드린다,/ 제주 상사화相思花 밭에서// 두둥
두둥/ 둥둥둥// 온통 상사화相思花다,/ 상사화相思花다

야고

기생寄生한다고/ 얕보지 말라// 안간힘을 다해/ 뿌리내
려 보기라도/ 해보았느냐// 너는/ 더부살이 눈물 꽃을/
지겹도록 피워 보았느냐// 칼날 같은 억새 줄기에/ 핏물
묻히며/ 울부짖기라도 해보았느냐// 붉은빛 매 자국 선
명한,/ 아, 등 굽은 종鐘이여/ 종鐘이여

하늘매발톱

하필/ 매의 발톱을 품었을까// 아직도 맨발이 부끄럽
고/ 맨발의 발톱을 보이기가/ 참 부끄러운데// 날카로운
매의 발톱을/ 머리에 인 꽃이라니// 부끄러움 무릅쓰고/
단숨에 낚아챌 먹이가 있는/ 모양이로구나

시작메모

봄여름가을겨울, 제주 곳곳에서 피고 지는 꽃 세 편을 소재로 시를 써보았다.

수선화과인 제주상사화는 8월 이후에 붉은 노랑꽃을 피우곤 한다. 제주 들녘에 '여봐라, 나 여기 있노라.' 호령하듯 쑥쑥 발기하는 꽃대들의 그 힘찬 몸짓을 바라보노라면 생명이라는 것이 참 신기하게 느껴지고 감탄을 금할 수가 없다.

야고는 보통 제주 한라산 중산간 억새 뿌리에 기생하고 양하와 사탕무 뿌리에도 기생한다. 줄기는 매우 짧아 거의 땅 위로 나오지 않으며 털이 없고 몇 개의 잎이 있다. 잎은 어긋나고 비늘 조각 같으며 살짝 붉으며 보랏빛이 도는 갈색이다.

아, 야고는, 야고는 백치 애인白痴愛人이다. 가난하고 부족함 많은 애인이다. 억세고 질긴 억새 뿌리에 한 뿌리 내리는 슬픈 애인이다.

눈부신 오월 무렵이면 보랏빛의 혹은 연한 파란색의 꼬불꼬불한 하늘매발톱 꽃잎은 한순간 접힌 주름을 서서히 그리고 활짝 편다. 마치 하늘을 나는 매처럼 그 매의 발톱처럼 단단하게 오래도록 피어난다. 오름처럼 잎들이 봉긋하게 무더기로 돋아나고 제주 돌담과 유독 잘 어울리는 꽃, 그 서늘한 아름다운 자태姿態를 좋아한다.

이 세상 예쁘지 않은 꽃이 있으랴, 소중하지 않은 꽃이 있으랴. 셀 수 없이 많은, 들녘에 피고 지는 꽃들아, 사랑한다.

- 2022년 시전문지 《심상》 3월호에 발표